INSTITUT ROYAL DE FRANCE.

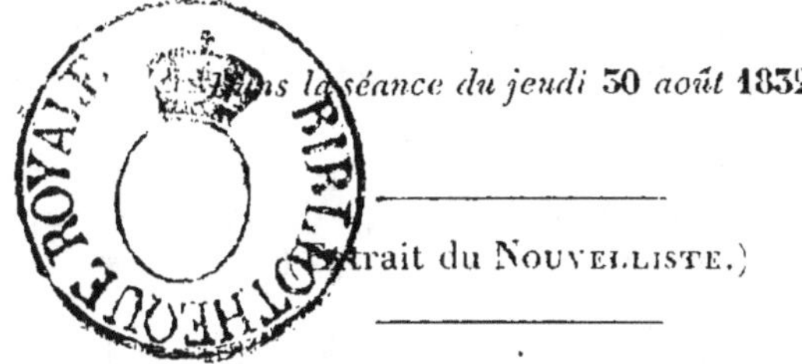

DISCOURS

PRONONCÉ

PAR M. DUPIN AINE,

POUR SA RÉCEPTION

A L'ACADÉMIE FRANÇAISE,

dans la séance du jeudi 30 août 1832.

(Extrait du NOUVELLISTE.)

Messieurs,

Il y eut de la grandeur dans l'idée de réunir sous le titre d'Académie française, tous les genres de littérature : mais une pensée plus grande encore inspira le dessein de rassembler la littérature, les beaux-arts et les sciences, dans une vaste association pour en former un seul institut; établissant ainsi entre tous les esprits qui cultivent les diverses branches des connaissances humaines, une confraternité générale, symbole vivant de la liaison qui existe entre toutes les vérités.

Le lien de cette association est fortifié surtout par la manière heureuse dont elle se renouvelle et se perpétue. Dans cette république des lettres, dans cette noble pairie des sciences et des beaux-arts, on n'admet d'autre hérédité que celle du talent : nul n'est imposé, ni même indiqué par le pouvoir; tout demeure confié à l'élection libre d'hommes choisis eux-mêmes par leurs devanciers, et qui ne doivent leur titre qu'au suffrage de leurs égaux.

Là , chacun est en droit d'exiger des autres ce qu'on a exigé de lui : l'honneur des membres comme l'honneur du corps est intéressé à s'emparer du plus digne. Ce n'est point la naissance, le crédit, la fortune que l'on couronne ; mais la science, le talent, le caractère ; c'est l'homme, et non le rang, qu'on honore. Jetant à la fois les regards sur le passé et sur l'avenir, on considère dans le candidat, ce qu'il a déjà fait et ce qu'il pourra faire encore ; on fonde sur lui une partie des espérances de l'association, je ne dis pas seulement pour en défendre les droits, mais surtout pour en augmenter la gloire et pour en étendre la durée. C'est là ce qui fait principalement le prix d'un tel choix, et le premier sentiment qu'il doive inspirer est le sentiment profond d'une vive reconnaissance. Aussi, Messieurs, je le déclare dans l'effusion de mon ame, entre les divers titres qui m'ont été déférés, et qui sont venus m'imposer des devoirs, je placerai toujours au premier rang et mon élection comme bâtonnier des avocats après trente ans d'exercice de la profession la plus noble et la plus indépendante, et mon élection comme député du département où j'ai reçu le jour, et mon élection comme membre de cette illustre Académie.

A côté de l'honneur qui s'attache à des suffrages libres, l'élection académique présente encore un autre avantage. Elle devient la source d'une alliance indissoluble entre ceux qu'elle a proclamés. Cette consécration leur imprime un caractère ineffaçable qui brave les proscriptions des partis et survit aux attentats du pouvoir. (Vifs applaudissemens.)

Pour prendre rang parmi les illustrations littéraires et scientifiques, il suffit d'avoir cultivé avec supériorité une branche des connaissances humaines. Il semble même, en général, que chaque homme ne puisse exceller que dans un genre vers lequel le portent ses inclinations, ses goûts et ses facultés. La nature, avare de ses dons, se plaît à les répartir, et ne les accumule pas sur une même tête.... Cependant, il est de rares et glorieuses exceptions que ne pouvaient méconnaître ou négliger les statuts d'une compagnie destinée à entretenir la fraternité des sciences, des lettres et des arts. Si chaque talent spécial doit aller se ranger dans celle des classes de la famille académique à laquelle son génie le rattache, les portes de toutes les académies doivent être ouvertes à l'homme privilégié qui pourrait réunir les talens divers qui y donnent l'entrée. Si donc un esprit supérieur se déclare, qui ait embrassé en même temps l'étude de presque toutes les sciences, qui en ait approfondi plusieurs avec un prodigieux succès, et qui, parvenu à s'emparer des secrets de la nature, ait encore emprunté aux lettres l'art d'écrire avec élégance l'histoire de ses découvertes et de celles d'autrui; à la parole, le don de professer avec éclat; un tel homme n'appartient plus à une seule classe, il tient à toutes, et toutes peuvent également le revendiquer.

Tel sans doute, Messieurs, vous apparut M. CUVIER, lorsque déjà, membre de l'Académie des sciences, vous en fîtes un des quarante de l'Académie française.

Une si riche succession ne pouvait pas être recueillie par un seul : elle a dû se partager. Héritier seulement en partie, vous n'exigerez pas de moi que je supporte le fardeau tout entier. Plein d'admiration pour l'homme illustre, pour l'homme presqu'universel dont je dois vous entretenir, je n'ai pas la prétention de retracer ni tout ce qu'il fut, ni tout ce qu'il a fait. Serait-ce d'ailleurs se montrer digne de l'apprécier, que de vouloir renfermer dans les bornes étroites d'un discours les trésors d'une vie si pleine de travaux et de services?

Né à Montbéliard en 1769, et placé en 1784 à l'école académique de Stuttgard alors très-renommée, M. Cuvier y étudia la philosophie, les mathématiques, le droit et l'administration. On a dit, sans fondement, qu'il avait eu le projet de se faire théologien. Il n'est pas vrai non plus qu'il ait étudié la médecine : seulement, il s'est toujours beaucoup occupé de l'anatomie et de la physiologie, auxiliaires indispensables de l'histoire naturelle. C'est pour cette dernière science qu'il montrait le penchant le plus déclaré. Dès l'âge de dix ans, il y consacrait tous ses momens de récréation. Depuis, et dans tout le cours de sa laborieuse carrière, aucune de ses fonctions publiques n'a pu le distraire d'une étude qui faisait le charme de sa vie, et qui restera comme sa plus grande gloire aux yeux de la postérité.

Plusieurs savans de la capitale, liés avec lui par l'envoi de ses ouvrages et par leur correspondance, l'appelèrent dans ce chef-lieu de la civilisation moderne. Dès qu'il y fut arrivé (en 1795), on le nomma membre de la commission des arts, et peu de temps après professeur à l'école centrale du Panthéon. C'est pour cette école qu'il a rédigé son *tableau élémentaire de l'histoire des animaux.*

Son désir le plus vif était d'entrer au muséum d'histoire naturelle dont les riches expositions pouvaient seules le mettre à portée de réaliser ses projets scientifiques. Ses vœux furent remplis lorsqu'il se vit nommé suppléant de M. Mertrud à qui l'on venait de donner la chaire récemment créée *d'anatomie comparée,* mais que son âge empêchait de se livrer à un travail entièrement nouveau pour lui.

Dès ce moment, M. Cuvier travailla sans relâche à former cette belle collection anatomique aujourd'hui connue et consultée de toute l'Europe savante, et cette bibliothèque où les productions de l'esprit sont réunies et classées avec tant d'intelligence et de soin ! Monument que le goût éclairé du roi veut conserver intact comme un double hommage à la science et au savant.

Admis à l'Institut dès l'origine de sa formation (en **1796**), et nommé plus tard secrétaire perpétuel de l'Académie des sciences, ce fut en cette qualité que M. Cuvier publia, en **1808**, son *Rapport historique sur les progrès des sciences naturelles depuis* 1789. Ce rapport, qui fut présenté solennellement à l'empereur en conseil d'état, n'est pas seulement une œuvre scientifique et une œuvre littéraire très remarquable ; c'est aussi une œuvre patriotique, digne de cette noble conclusion si douce à l'orgueil national, et consentie par l'Europe entière : « Les savans fran-» cais ont mérité dans cette histoire d'être cités au premier rang dans » presque toutes les branches des sciences naturelles.»(Vive sensation.)

En lisant ce magnifique inventaire de la science, on ne sait ce qu'on doit admirer le plus dans l'illustre auteur, du soin qui fait ressortir le mérite propre de chaque savant dont il analyse les travaux, ou de la modestie qui parle des siens : il fait assez connaître les autres par ce qu'il en dit ; mais il ne serait pas entièrement connu, s'il n'avait pour historien que lui-même.

La distinction des êtres étant la véritable base de l'histoire naturelle, leur grand nombre rendait nécessaire quelqu'arrangemement, quelque distribution méthodique qui pât soulager la mémoire.

On avait reconnu que, pour parvenir à cette distinction, à ce classement, l'étude comparée de l'organisation des animaux était indispensable, et qu'il ne fallait pas s'attacher simplement à quelques caractères extérieurs de similitude ou de dissemblance. Toutefois on n'avait encore appliqué ce principe qu'avec une sorte de timidité, et seulement à quelques espèces.

Linnée même, qui a porté si loin l'art des classifications, avait rassemblé sans ordre et relégué en masse dans une même catégorie, sous le nom générique de *vers*, tous les animaux qui n'étaient pas vertébrés. Il semblait que ce fût dans la démocratie des animaux, comme une classe infime, indigne en quelque sorte de l'honneur d'un nom propre. Aussi plusieurs naturalistes, dans leur dédain, s'étaient contentés de les désigner sous le nom d'*animaux inférieurs*.

M. Cuvier prit sous sa protection ce peuple délaissé, et s'appliquant particulièrement à l'observation détaillée des mollusques, il montra que leur organisation n'était ni moins compliquée ni moins merveilleuse que celle de l'homme et des animaux les plus distingués. Il parvint ainsi à créer un nouveau mode de division où ces animaux sont rangés suivant leurs véritables rapports, c'est à dire selon le degré de ressemblance ou de différence qui résulte de leur organisation.

Ce n'est là, pour ainsi dire, qu'un essai, une faible partie du grand et magnifique édifice qu'il voulait élever. Bientôt ayant porté le scalpel sur toutes les classes du règne animal, il publia ses leçons d'*anatomie comparée*, le premier ouvrage général qui ait paru sur cette science.

Le but de ce livre est de comparer, sous le rapport anatomique, tout les animaux, depuis les plus simples jusqu'aux plus compliqués ; de considérer chaque organe successivement dans toute la série des animaux, afin de déterminer les fonctions de ces organes, les relations qu'ils ont entre eux, et les rapports de chaque animal avec tous les autres. Ainsi, par exemple, M. Cuvier a donné une comparaison des cerveaux de diverses classes, et montré les rapports de leur forme plus ou moins développée avec le degré d'intelligence des animaux, et même avec quelques-unes de leurs habitudes particulières.

Pour arriver à ces démonstrations, combien n'a-t-il pas fallu d'observations et de dissections nouvelles, rendues sensibles par un grand nombre de dessins que M. Cuvier a en partie exécutés de sa main, car il possédait l'art du dessin à un très haut degré. L'immensité de ce travail et son influence sur le progrès de la science en ont fait un des plus beaux ouvrages des temps modernes.

L'application de l'anatomie comparée à la distinction des êtres vivans, fit bientôt découvrir à M. Cuvier qu'il existe entre leurs organes une corrélation de forme tellement caractérisée, que l'on peut déduire la forme et la nature générale d'un animal de la structure d'une seule de ses parties. Ainsi, suivant cette méthode dont il est l'inventeur , on peut, par l'examen d'une dent , d'un os des membres, ou même par une seule facette d'os , déterminer, non seulement l'ordre, mais la classe, le genre et souvent l'espèce de l'animal auquel a appartenu ce fragment.

La raison en est simple , tous les organes d'un même animal forment un système unique dont toutes les parties sont enchaînées par le jeu d'une action réciproque; et il ne peut y avoir de modifications dans l'une d'elles qui n'en amènent d'analogues dans toutes les autres.

M. Cuvier se servit avec un rare bonheur de ce principe une fois reconnu , pour l'étude des ossemens souvent épars et mutilés que l'on rencontre dans les entrailles de la terre. En peu de temps, il parvint à recréer dans son ouvrage sur les *ossemens fossiles* (5 vol. in-4°) un grand nombre d'espèces dont il ne reste plus aucun individu vivant à la surface du globe , et il constata que plus les terrains dans lesquels ces os se trouvent déposés sont anciennement formés , plus les animaux auxquels ils ont appartenu différaient des animaux actuels.

Ainsi, non seulement l'anatomie comparée éclaire la zoologie en lui fournissant des bases solides pour la distinction des espèces, la formation des genres, des familles et des classes; mais elle jette encore de vives lumières sur la géologie, cette science qui nous fait connaître l'arrangement et la disposition des diverses substances composant l'écorce de notre globe. Grâce aux travaux de M. Cuvier, les dépouilles d'animaux fossiles sont devenues comme des médailles attestant l'âge relatif des terrains qui les recèlent; elles fournissent des dates aux diverses opérations de la nature pour la formation de notre sol; une sorte de table chronologique des révolutions qui ont amené l'état dans lequel nous le voyons aujourd'hui. (Applaudissemens.)

Au temps de Galilée, la publication de ces découvertes eût aussi fait jeter leur auteur dans un cachot. Si ce fut alors un crime jugé digne d'amende honorable, d'avoir osé affirmer que la terre tourne, c'en eût été un non moins grand d'avoir, en quelque sorte, intercepté l'œuvre de la création en retrouvant la trace d'animaux dont l'espèce n'existe plus sur la terre, et qui apparemment avaient oublié de se réfugier dans l'arche! (Rire général.) Mais, à l'exemple de Galilée, et avec la même fermeté, Cuvier se fût écrié : *et pourtant ils ont existé*! Il aurait eu le courage de la science; c'est celui de la conviction.

La méthode de M. Cuvier fut celle d'Aristote, de Bacon, de Newton : l'observation et l'expérience. Dans son opinion, les formules générales ne peuvent naître que du rapprochement des faits bien observés et classés sous des lois communes ; elles ne doivent être qu'une déduction logique de ces faits ; une expérience généralisée, et non l'application incertaine et divinatoire d'un principe purement abstrait. Il ne repoussait pas cependant, comme quelques esprits superficiels, toutes les théories systématiques ; mais il était persuadé qu'elles égarent presque toujours sur la route de l'observation. En effet, si ces théories conduisent quelquefois à la découverte de faits importans ou de vérités inconnues, elles nuisent le plus souvent à la science, en portant les esprits à ne voir, à n'étudier, à n'adopter parmi ces faits, que ceux qui appuient le système ; et à repousser, à taire, ou même à nier tout ce qui contrarierait une théorie antérieure, c'est-à-dire, un parti pris d'avance.

Les travaux qui ont illustré M. Cuvier exigeaient une grande puissance de mémoire. La sienne était prodigieuse. Il avait présens à l'esprit, non seulement plusieurs milliers de noms génériques et spécifiques des animaux de toute espèce, mais encore les noms et la généalogie bien autrement compliquée de toutes les familles de l'Europe ancienne et moderne : et par un luxe qu'on peut appeler oriental, il possédait également ment les noms et les dynasties, si peu recommandés au souvenir, des princes de toutes les peuplades de l'Asie. La mémoire de l'homme, peut-être le plus savant de l'Europe, descendait à tout, et recueillait avec l'érudition de ceux qui n'en ont pas d'autre, toutes les anecdotes curieuses, avec les noms propres; tout enfin jusqu'au texte des satires, des épigrammes et des couplets restés historiques.

Rien n'égalait la facilité de M. Cuvier. Le déranger dans son travail, ce n'était que lui faire perdre du temps; après avoir expédié les importuns sans y mettre d'impatience, il reprenait sa plume et continuait sa phrase comme s'il n'eût éprouvé aucune distraction. Voilà aussi le secret de tant de fonctions, de tant de travaux accumulés sans se nuire, et qui révélaient en lui plusieurs hommes! (Bravos prolongés.)

M. Cuvier était secrétaire de l'Institut quand le premier consul en fut élu président. Les rapports assez directs qui s'établirent entr'eux suffirent au chef du gouvernement pour apprécier toute la capacité de son savant collègue. En 1802, lorsque Napoléon voulut réorganiser l'instruction publique, il nomma M. Cuvier l'un des inspecteurs généraux chargés d'établir des lycées dans les trente principales villes de France. Plus tard, M. Cuvier ayant été créé conseiller de l'Université, sa mission fut étendue aux pays conquis. Dans ses rapports au grand-maître sur l'instruction publique de la Hollande et des parties de la Basse-Allemagne et de l'Italie annexées à l'empire, on peut voir combien étaient grandes et fortes ses idées sur l'instruction populaire et sur les hautes études. On y trouve le développement de cette pensée qui termine le *Rapport sur le progrès des sciences naturelles* : « Conduire l'esprit « humain à sa noble destination, la connaissance de la vérité; répan-» dre des idées saines jusque dans les classes les moins élevées du peu-» ple; soustraire les hommes à l'empire des préjugés et des passions; » faire de la raison l'arbitre et le guide suprême de l'opinion publique; » voilà l'objet essentiel des sciences; voilà comment elles concourent à » avancer la civilisation, et ce qui doit leur mériter la protection des » gouvernemens qui veulent rendre leur puissance inébranlable en la » fondant sur le bien-être commun. »

Joignant la pratique à la théorie, M. Cuvier a professé lui-même avec éclat. Il a enseigné successivement à l'Ecole centrale du Panthéon, au Muséum d'histoire naturelle, au Collège de France, toujours au milieu d'un nombreux concours d'auditeurs. Parmi eux, il aimait surtout à remarquer les jeunes gens qui annonçaient d'heureuses dispositions; il se les appropriait, pour ainsi dire, les entourait de ses conseils, encourageait leurs premiers succès; et plusieurs d'entr'eux ont trouvé près de lui les secours qui leur manquaient pour terminer leurs études. Ses leçons n'étaient point écrites; il les improvisait avec une lucidité, une pureté, et l'on pourrait dire une élégance admirables.

On apprend de quelle hauteur il contemplait les sciences naturelles en lisant son rapport à l'empereur, ses analyses annuelles des travaux de l'Académie des sciences, et même ses éloges, remarquables surtout par la précision et la clarté avec lesquelles il met à la portée de toutes les intelligences le précis des découvertes les plus ardues et la solution des problêmes les plus compliqués, et par cette manière ingénieuse qui sait au milieu du tableau le plus sérieux des travaux les plus abstraits, jeter, sans affectation, et toujours à l'improviste, un trait de caractère dont l'originalité achève de faire connaître l'homme qu'il veut peindre, et arrache un sourire à l'auditeur le plus sévère.

Combien il est à regretter qu'il n'ait pas rédigé les leçons qu'il a professées au collége de France sur *l'histoire des sciences naturelles*, à laquelle il travaillait depuis trente ans ! Peu de jours avant sa mort (le 8 mai), il donnait la dernière de ses leçons, et promettait de les reprendre bientôt, *si ses forces le lui permettaient !*..... Hélas! était-ce sur ce théâtre de ses plus beaux succès, que cette parole si vive, cette pensée si brillante, devaient être averties par pressentiment qu'elles devaient bientôt s'éteindre !

Trois jours après, il éprouva une subite indisposition : à l'instant même, et quoique le symptôme pût paraître léger, sa science lui révéla l'imminence du danger. Les médecins appelés près de lui ne jugeaient cependant pas la maladie mortelle; ils cherchèrent du moins à le lui persuader. Lui seul ne se fit aucune illusion. « *Je suis anatomiste*, messieurs, leur dit-il, *je suis anatomiste*; » et il expliqua scientifiquement la cause du mal; et il démontra, sans trouble, que l'art ne pouvait point y apporter de remède. Cette intelligence sublime discourait sur son propre sort avec autant de désintéressement que sur tout autre sujet. Pendant quatre jours, il a vu s'approcher une mort inévitable, et dans cet espace de temps, long sans doute pour celui qui sait qu'il va mourir, il n'a pas cessé un seul instant de conserver le même calme, la même sérénité. L'exercice de ses facultés intellectuelles lui avait évidemment donné une haute philosophie : il a montré plus que de la résignation; c'était une adhésion donnée sans effort aux décrets éternels! (Une profonde émotion se manifeste dans l'assemblée.)

Le second jour de sa maladie, il fit ses adieux à sa famille; mais il ne prononça point ce mot si déchirant, si pénible à entendre. Maître de lui-même, mesurant ses paroles, modérant ses sentimens, il cherchait à ne point attendrir ceux dont il était entouré. Il a parlé plusieurs fois du désir qu'il aurait eu de vivre assez long-temps pour achever les travaux dont l'impression était commencée, et pour exécuter ceux dont une vie si laborieuse avait assemblé les immenses matériaux. Mais il en parlait comme d'un désir bien naturel, sans exprimer aucun regret amer, sans plaintes contre sa destinée. Tel Lavoisier, à sa dernière heure, demandait comme une faveur, non qu'on ne le fit point mourir, mais qu'on différât son supplice, seulement pour qu'il pût achever une grande expérience chimique dont le résultat devait être salutaire pour l'humanité.

Le soir de sa mort, M. Cuvier était assoupi : dans un moment de réveil, il dit quelques mots sur la bizarrerie de ses rêves. Ces mots, prononcés en souriant, prouvaient qu'il conservait encore toute sa présence d'esprit. Une demi-heure après, il porta sur son frère un coup-d'œil expressif, et lui dit : *La tête s'engage.* Son regard, son accent annonçaient que cela voulait dire : *Tout est fini.* Peu de momens après il expira (1).

Ainsi, il a été donné à M. Cuvier de conserver ses facultés intellectuelles jusqu'à sa dernière heure !... Il a connu l'instant précis où son esprit se troublait, et il a jugé que, du moment où l'intelligence le quittait, la vie allait aussi l'abandonner. Convenons, messienrs, que cette manière savante de mourir est comparable aux plus belles morts de l'antiquité ! (D'unanimes applaudissemens couvrent la voix de l'orateur.)

N'était-ce point assez de cette perte pour la France ! Presqu'au même instant expirait un citoyen non moins illustre, aussi intrépide en face de la mort, mais destiné à montrer l'inébranlable fermeté de son caractère dans tout le cours de sa vie politique. Casimir Périer ! ami de la liberté et des lois de son pays, ennemi des factions, redouté par elles, et que la reconnaissance publique venge chaque jour de la haine active qu'elles lui portaient. De quel autre a-t-on pu mieux dire avec le poète : « Sa présence irrite et brûle; on sera juste envers lui... quand il ne sera plus. »

Urit... præsens, extinctus amabitur idem.

Pardonnez, messieurs, cet hommage que semblait commander le rapprochement des deux pertes les plus grandes qu'aient faites en un même jour les sciences et la patrie! (Vifs applaudissemens.) Revenons aux travaux de l'académicien.

Vous avez vu M. Cuvier briller à la fois comme savant, comme écrivain, comme professeur; je puis ajouter comme administrateur. Depuis qu'il n'est plus au conseil d'état, on sent tout le vide qu'il y a laissé.

Messieurs, il en sera de même des divers postes qu'occupait cet homme extraordinaire. Partout, il sera impossible de le reproduire et de le remplacer.

---

(1) Le 13 mai à   heures du matin.

A quoi donc me sert d'avoir essayé de montrer ce qu'il fut, si ce n'est à m'étonner davantage de me voir appelé à lui succéder ?

Je sais qu'heureusement pour la justice due à son nom, une autre Académie revendique et doit célébrer une grande partie de sa gloire ; mais puis-je soutenir le parallèle, même sous le rapport littéraire, avec celui qui, dans une carrière où l'élégance du style doit rencontrer tant de difficultés et tant d'obstacles, a souvent égalé, quelquefois surpassé ceux qui l'ont précédé, même ces éloges si vantés de Fontenelle ; nous laissant ainsi un modèle accompli de ce qu'il est convenu d'appeler le genre académique.

On dira, sans doute, que M. Cuvier, disert et parlant en public avec facilité, n'était pas orateur ! Ses écrits, il est vrai, n'offrent point, et le goût leur défendait d'offrir ces mouvemens vifs et passionnés qui distinguent la haute éloquence. Mais son style brille par toutes les qualités qu'il doit avoir, et surtout par cette convenance parfaite avec le sujet, l'une des principales et peut-être la première des conditions imposées à l'orateur.

Eh ! qui donc, messieurs, parmi ceux qui cultivent l'art de la parole, s'il fallait qu'il fût un orateur accompli, serait admis parmi vous ? Le plus illustre modèle chez les anciens, le plus près de la perfection, déclare que cet orateur, tel qu'il l'a conçu dans sa haute imagination, il l'a cherché partout, sans le trouver nulle part.

Et toutefois ce beau génie, après avoir parlé ainsi, semble essayer de se consoler lui-même, et d'encourager l'avenir, en disant que, dans les grandes choses, si l'on ne peut atteindre le sommet, on doit au moins tenir compte des efforts qui en approchent.

D'où vient cependant, qu'en général, le barreau a paru délaissé par l'Académie ? Depuis Patru, remarquable en son temps, par ce qu'il était juste d'appeler alors la pureté de son style, et par une sorte de bon goût peu commun encore, surtout au Palais, fort peu d'avocats ont été admis à l'Académie (1). Il faut, je pense, en accuser un mode de gouvernement sous lequel il n'y avait liberté de la parole que pour l'éloquence de la chaire : le barreau réduit à ces querelles privées, à ce que Cicéron appelait avec dédain des questions de *gouttière* et de *mur mitoyen*, le barreau privé de la plus belle partie de son apanage, n'était point appelé à *la libre défense des accusés*, jugés alors à huis-clos et sans l'assistance d'aucun défenseur ; non pas toujours par justice, mais trop sou-

---

(1) On n'en compte que trois : Barbier d'Aucourt, Target et Lacretelle aîné.

vent par commissaires, et quelquefois étranglés entre deux guichets ! en restituant la liberté naturelle de la défense, on rétablit la dignité de la parole. Ce fut une égide que réclamèrent tous les partis, tour à tour vainqueurs et vaincus !.... et le barreau français eut cet avantage, que, les ayant tous défendus, la gloire la plus pure lui en est restée aux yeux de tous. Non, messieurs, il n'est pas vrai de dire qu'à ces funestes époques dont nous ne verrons plus le retour, tout l'honneur français s'était réfugié dans les camps ! il était aussi du côté de ces hommes qui, sans épée, mais avec non moins de courage, osaient défendre les victimes en face des bourreaux ! (Nouveaux applaudissemens.)

Plus tard furent portées devant les tribunaux ces graves questions de droit public qui, de nos jours seulement, ont fait du barreau moderne un théâtre aussi vaste, aussi élevé que celui des anciens.

Dans ces accusations où la liberté de la presse, opprimée déjà par la censure, s'est trouvée tant de fois en péril, une noble solidarité s'est bientôt établie entre les gens de lettres et les gens de loi. Le patronage affectueux de l'art de parler prenant la défense de l'art d'écrire, dut opérer un rapprochement entre l'Académie et les successeurs de Patru; et je dois peut-être à la bienveillance du sentiment qu'il aura fait naître en vous, un titre à votre indulgence : vous aurez voulu récompenser au moins le zèle et le dévoûment.

La tribune, telle que nos institutions nous l'ont faite, a eu ses vicissitudes comme le barreau. Ici, messieurs, je vous demande la permission d'émettre quelques idées générales sur ce genre particulier d'éloquence délibérative qui datera, parmi nous, de la même époque que nos assemblées nationales.

Il est une éloquence écrite qui s'élabore à loisir dans le silence du cabinet. Le patriotisme aussi l'échauffe et l'inspire ; la philosophie la règle, la réflexion la tempère, le goût la polit. Ces doctes harangues, préparées avec art, jettent une vive lumière sur les discussions. Aucune improvisation ne peut égaler leur construction savante, l'enchaînement calculé des preuves, la solidité des déductions. Plaçons, il y a justice, cet immense labeur au premier rang.

Mais n'est-il pas juste aussi de tenir compte, même sous le point de vue littéraire, des difficultés que présente l'action indélibérée de la parole ? Voyez ce qu'a de méritoire et de périlleux la situation dévouée de ces hommes publics qui, ne consultant que le besoin des affaires, et cédant aux mouvemens impétueux d'un cœur vivement ému par les intérêts de la patrie, volent au combat sans prendre le temps de polir leurs armes ! Ah ! sans doute, et si l'on ne veut considérer que le style, ils sont mal écrits, ces discours improvisés, car ils ne furent jamais écrits. Est-ce donc sous ce point de vue qu'il en faut juger ?

Dans une composition purement littéraire, la précipitation ne saurait excuser les défauts de l'ouvrage : qui vous pressait *de le montrer aux gens ?* Mais quand les plus grands intérêts de l'état sont en délibération, si une mesure désastreuse est audacieusement proposée, si de funestes passions habilement excitées sont sur le point de prévaloir, le temps, messieurs, fait beaucoup à l'affaire. Il faut alors excuser ceux qui, seuls avec eux-mêmes, obligés de se décider à l'instant, ayant aussi leurs propres passions à contenir, vont sur-le champ, au risque de moins bien dire, s'exposer sur cette mer agitée ; car, vous le savez, dans cette région brûlante éclatent les tempêtes ; il faut y tenir tête à l'orage, et se hâter de saisir le trident !

Vous relirez ce discours, si heurté en le prononçant, et quelquefois si imparfaitement reproduit ; vous y chercherez en vain la symétrie d'une composition conforme à toutes les règles de l'art ; l'invention, la disposition, le style : il eût fallu du temps, mais pendant ce temps aussi une question vitale eût été décidée à contre-sens, et le beau discours fût arrivé comme la seconde édition de la Milonienne, après la cause perdue.

C'est ainsi qu'à l'attaque imprévue d'un camp mal gardé, le premier qui s'aperçoit du péril jette un cri, saisit ses armes, et s'élance à l'encontre des assaillans ; d'autres le suivent et se pressent, jusqu'à ce que cette résistance tumultueuse ait permis à la troupe entière de prendre ses rangs. (Sensation.)

Invoquons de grands souvenirs et de grands exemples ! Nos orateurs politiques les plus renommés, Mirabeau, Barnave, de Serre, le général Foy, n'ont-ils pas prouvé que celui qui s'abandonne au milieu de ces circonstances ardentes à tous les hasards de l'improvisation, trouve quelquefois, dans l'embarras même de sa situation, des secours inespérés ?

Quoique non préparé sur les mots, s'il connaît bien les choses, s'il sent vivement, s'il est soutenu par la conscience du bien, au milieu même de tant d'isolement, dans ce trouble incessamment apporté au développement de sa pensée par les interruptions les plus vives et les clameurs parfois les plus insensées. Dans ce tourment de toutes ses facultés, il lui arrivera de rencontrer des tours, des expressions, des hardiesses qui ne viendraient pas trouver un homme moins fortement excité.

Ce que perdront le style et la belle ordonnance, l'orateur le regagnera du côté de l'action, de cette action oratoire à laquelle les anciens accordaient les trois premiers rangs. Sa main ne tiendra pas un cahier ;

son œil ne sera pas fixé sur son écriture, il retrouvera l'arme du regard; son esprit ne sera pas livré aux incertitudes de la mémoire; libre dans son allure comme ces cavaliers numides qui montaient à crû et sans frein, il luttera corps à corps avec son auditoire; maître de retenir ou de laisser aller son discours, de glisser sur ce qui commencerait à déplaire comme d'insister sur ce qui aura fait sensation; et, s'il est bien inspiré, son succès dépassera l'effet des discours les plus étudiés! Alors éclateront ces vives sympathies, ces retours électriques de l'assemblée sur l'orateur, qui l'avertiront qu'il a conquis les votes, et que la majorité vient à lui!....

Toutefois, messieurs, réservons nos premiers, nos plus purs hommages pour ces hommes privilégiés que le ciel fournit à la terre de loin en loin dans la suite des âges, et qui, plusieurs siècles après leur mort, charment encore leurs lecteurs comme ils ont ravi ceux qui les écoutaient! En attendant le retour de ces merveilles oratoires, sans cesser d'étudier assidûment des modèles qu'il nous est impossible d'atteindre, suivons-les, même de loin, en adorant leurs vestiges, et encourageons par un peu d'indulgence un art si difficile et si puissant sur la destinée des états!

Mais cette puissance aussi veut être réglée par la sagesse et par la conscience. Un orateur, homme de bien, mettra dans ses discours autant de moralité que dans sa conduite; il ne voudra pas plus proférer une mauvaise maxime que commettre une mauvaise action.

Tel est, en général, l'office des lettres; telle l'honorable mission de ceux qui s'adonnent à leur culte. Parler, écrire, imprimer, doivent se proposer le même but : ce qui est vrai, ce qui est juste, ce qui est raisonnable. La presse comme la parole, organes redoutables de la pensée humaine dans ce qu'elle a de plus noble et de plus élevé, doivent, non pas insulter au bon sens et au bon goût, mais recevoir et subir l'heureuse influence de l'un et de l'autre.

Cette direction, qu'il importe de donner aux esprits, peut être utilement exercée par les académies.

A la renaissance des lettres et dans leur enfance, elles protègent et encouragent leurs progrès; plus tard, elles préviennent et retardent leur décadence; en tout temps, elles doivent offrir de sages leçons et de beaux exemples.

A quelques efforts malencontreux d'un goût bizarre et forcé qui ne saurait se nationaliser parmi nous, et surmonter la délicatesse des mœurs françaises, opposons, en chaque genre de composition, ces chefs-d'œuvre dont le type éternel sera toujours dans l'étude intelligente de la nature et du vrai. Cette règle est la plus sûre, elle ne vieillit point, elle n'est point opposée au progrès, elle est une source inépuisable de succès ! Avançons avec fermeté dans cette voie, messieurs; et même au temps où nous vivons, osons concevoir l'espérance de voir briller encore une ère glorieuse pour la littérature et pour les beaux-arts.

A quelle époque cette condition si nécessaire à leur prospérité, la liberté, fut-elle portée plus loin ! sous quel règne fut-il donné de croire davantage à sa durée, si nous ne détruisons pas nous-mêmes l'ouvrage qu'ont élevé nos propres mains ? (Bravos long-temps répétés.) Ici l'éloge n'est point, comme en d'autres temps, une formule obligée; rien ne me contraint; un sentiment vrai me porte seul à le dire dans cette solennité : quels encouragemens les gens de lettres , les artistes et les savans ne doivent-ils pas attendre d'un prince qui, durant son exil, a cherché ses consolations dans l'étude, et qui a su trouver dans l'exercice d'un modeste professorat, des ressources personnelles qui mirent à couvert son patriotisme et sa fierté ! D'un prince éclairé qui possède toutes les langues de l'Europe, et qui pourrait converser avec chaque ambassadeur dans l'idiôme de leur pays , s'il n'aimait mieux leur parler français ; d'un prince puissant par sa parole, et qui sait improviser de sang-froid au milieu du plus pressant danger. (Nouvelles acclamations.)

Louis-Philippe , identifié au plus haut degré avec les intérêts de la nation, sera le protecteur des lettres et des arts, comme il le serait de l'honneur et de l'indépendance du pays ! Ami de l'instruction publique à laquelle il a confié ces jeunes princes, après lui l'espoir de la patrie , il ne négligera aucun moyen d'étendre et de propager les connaissances humaines, d'éclairer et d'instruire ses concitoyens afin de les rendre meilleurs et plus heureux. Quel avenir, messieurs, si nous savons l'embrasser avec confiance et sincérité !

Chez une nation comme la nôtre, pleine d'ardeur et d'enthousiasme, qui hait surtout dans les priviléges l'obstacle qu'ils apportent à l'égal développement des facultés de tous; pour qui la gloire est un besoin , l'infériorité un supplice; que ne doit-on pas attendre de l'impulsion donnée à tant de pensées grandes et généreuses qui fermentent dans les esprits? Si la jeunesse française, qui brûle d'une si vive impatience d'entrer en ligne avec ceux qui la précèdent en âge et en expérience , comprend bien que ce n'est point par l'emportement et par une fougue brutale indigne d'elle, mais par l'intelligence, le travail, la persévérance et la dignité du caractère, qu'il convient de lutter avec ses rivaux; quels prodiges nouveaux peuvent éclore de ce noble concours de toutes les émulations vers un même but : le développement pacifique et régulier des améliorations sociales, le perfectionnement de tous les arts qui peuvent contribuer au bonheur de l'homme et accroître les bienfaits de la civilisation !

(La séance reste long-temps suspendue par les témoignages bruyans de l'enthousiasme que vient d'exciter l'éloquent orateur.)

IMPRIMERIE D'ÉVERAT,
RUE DU CADRAN, N. 16.